# O DIA EM QUE A LÁGRIMA CHOROU

*João Luiz Guimarães*

ILUSTRAÇÕES DE

...

*Anabella López*

*1ª edição*

DIREÇÃO EDITORIAL
**Maristela Petrili de Almeida Leite**

COORDENAÇÃO DE EDIÇÃO DE TEXTO
**Marília Mendes**

EDIÇÃO DE TEXTO
**Ana Caroline Eden**

COORDENAÇÃO DE EDIÇÃO DE ARTE
**Camila Fiorenza**

PROJETO GRÁFICO
**Anabella López**

ILUSTRAÇÕES DE CAPA E MIOLO
**Anabella López**

COORDENAÇÃO DE REVISÃO
**Thaís Totino Richter**

REVISÃO
**Nair Hitomi Kayo**

COORDENAÇÃO DE *BUREAU*
**Everton L. de Oliveira**

PRÉ-IMPRESSÃO
**Ricardo Rodrigues, Vitória Sousa**

COORDENAÇÃO DE PRODUÇÃO INDUSTRIAL
**Wendell Jim C. Monteiro**

IMPRESSÃO E ACABAMENTO
**A.S. Pereira Gráfica e Editora EIRELI**

LOTE:
**791233 - CÓDIGO 120009355**

**Dados Internacionais de Catalogação na Publicação (CIP)**
**(Câmara Brasileira do Livro, SP, Brasil)**

Guimarães, João Luiz
O dia em que a lágrima chorou / João Luiz Guimarães; ilustrações Anabella López. – 1. ed. – São Paulo : Santillana Educação, 2024. – (Girassol)

ISBN 978-85-527-2926-6

1. Literatura infantojuvenil I. López, Anabella. II. Título. III. Série.

23-183707 CDD-028.5

**Índices para catálogo sistemático:**
1. Literatura infantil 028.5
2. Literatura infantojuvenil 028.5

Tábata Alves da Silva – Bibliotecária – CRB-8/9253



**EDITORA MODERNA LTDA.**
Rua Padre Adelino, 758 - Quarta Parada
São Paulo - SP - Brasil - CEP 03303-904
Vendas e Atendimento: Tel. (11) 2790-1300
www.moderna.com.br
2024

Impresso no Brasil

**LEITURA EM FAMÍLIA**
**Dicas para ler com as crianças!**
http://mod.lk/leituraf

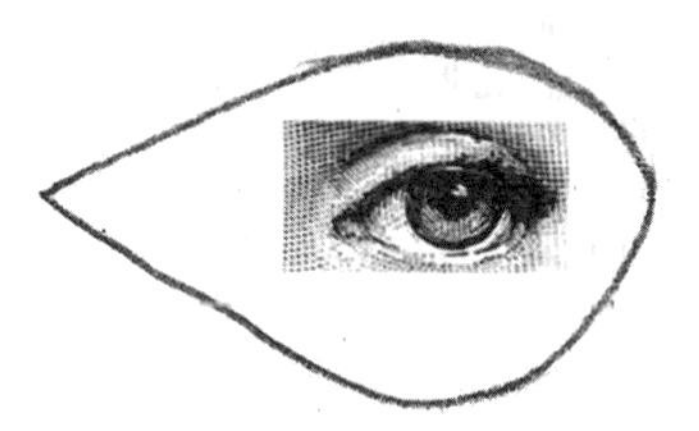

*Para a gota que falta*

*Um dia toda a água da Terra se cansou de ser tão maltratada e decidiu ir embora para sempre.*

*O Espírito das Águas ergueu-se vaporoso no meio do oceano e bradou:*

— Basta! Cansei... Sou, junto com o Sol, responsável por toda a vida. E, mesmo assim, continuam a me poluir e desperdiçar. Chega! A humanidade insiste em chamar

*este planeta de Terra, não é? Pois então, vou-me embora, assim ele pode ficar mais de acordo com seu nome.*

Diante de tamanha crise, todas as gotas líquidas se reuniram numa conferência mundial. É preciso reforçar a palavra "líquidas", porque isso era um requisito obrigatório. E houve algumas que tiveram problemas para comparecer.

2 25 42 68 85
1 2 3 4 5 6

*Uma gota situada na ponta de uma antiga estalactite, muito sábia, por exemplo, endureceu dentro de sua caverna e virou pedra segundos antes de sair para a conferência. Uma pena, pois tinha muito a contribuir. Também teve o caso de uma malfadada gota de chuva, inscrita para participar do evento, que não contava com a mudança brusca da temperatura e se transformou, de repente, num flutuante floco de neve. Assim, foi impedida de comparecer. A gota, que era agora um floco, se viu refletida numa parede de gelo e se achou maravilhosa.*

*— Muito fútil essa gota — comentou com desprezo o Conta-Gotas Universal, guardião responsável por receber e organizar o acesso de todas as convidadas do evento.—*

*Preferiu se render aos caprichos da beleza física, tão passageira, ainda mais para uma gota de água...*

*A floco, que preferia ser chamada assim, no feminino, embora vestisse agora uma palavra masculina, disse que não se considerava fútil e que continuava apta a participar da conferência, pois ainda se sentia gota e poderia contribuir muito com a discussão. Mas o guardião foi inflexível.*

*Fora casos aleatórios como esses, a convocação para a conferência gotológica repercutiu por toda a superfície líquida do globo, e também por dentro de todas as células dos bichos e plantas, já que a água está presente em todos os seres vivos.*

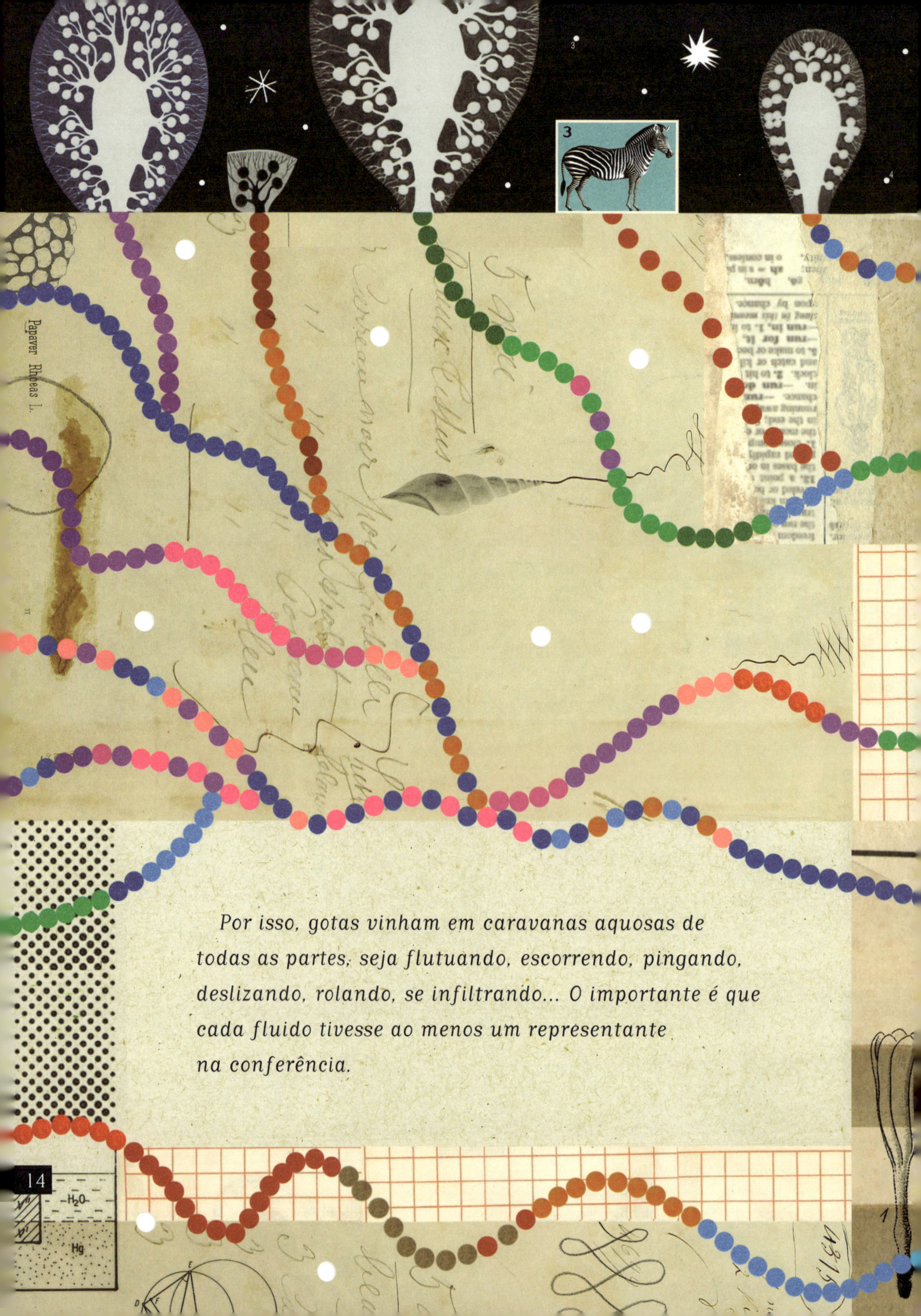

Por isso, gotas vinham em caravanas aquosas de todas as partes, seja flutuando, escorrendo, pingando, deslizando, rolando, se infiltrando... O importante é que cada fluido tivesse ao menos um representante na conferência.

Enquanto isso, o Espírito das Águas, cada vez mais irritado, se transformava em uma nuvem pavorosa, em movimento espiralado ascendente, como um tornado, anunciando mais uma vez a sua intenção de ir embora para o espaço sideral.

Diante de imagem tão assustadora, a conferência teve início em regime de urgência urgentíssima.

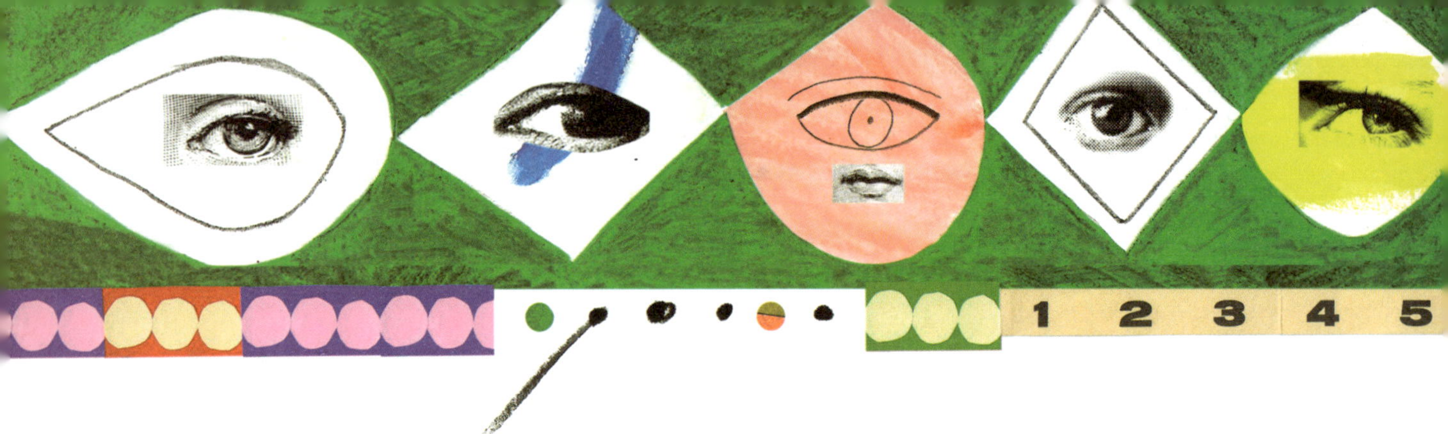


*A primeira a discursar foi a pegajosa gota de suor:*

*— Caras amigas presentes, sei que o momento é grave e que a solução não é simples. Mas nada nessa vida é fácil. É preciso muita transpiração para realizar projetos e construir vidas que valham a pena. É este o motivo pelo qual escorro todos os dias pelas testas de homens e mulheres, principalmente daquelas pessoas que trabalham duro, de sol a sol, para aliviá-las do calor. Também refresco os corpos dos atletas, para ajudá-los a superar seus limites em busca de novos recordes. Mas ando muito desanimada com o rumo que as coisas estão tomando. A humanidade não está nos dando o valor que merecemos. Apoio o Espírito das Águas em sua decisão de irmos embora. A partir de agora, escorrerei frio, dando calafrios de medo em todos.*

*Um burburinho se instalou na reunião. Muitas achavam que a gota de suor estava sendo parcial em sua análise. Afinal, os demais animais da natureza também suavam. Por que motivo todos mereceriam sofrer as consequências dos insensatos atos humanos? Qual seria a culpa da zebra, por exemplo? Não parecia justo.*

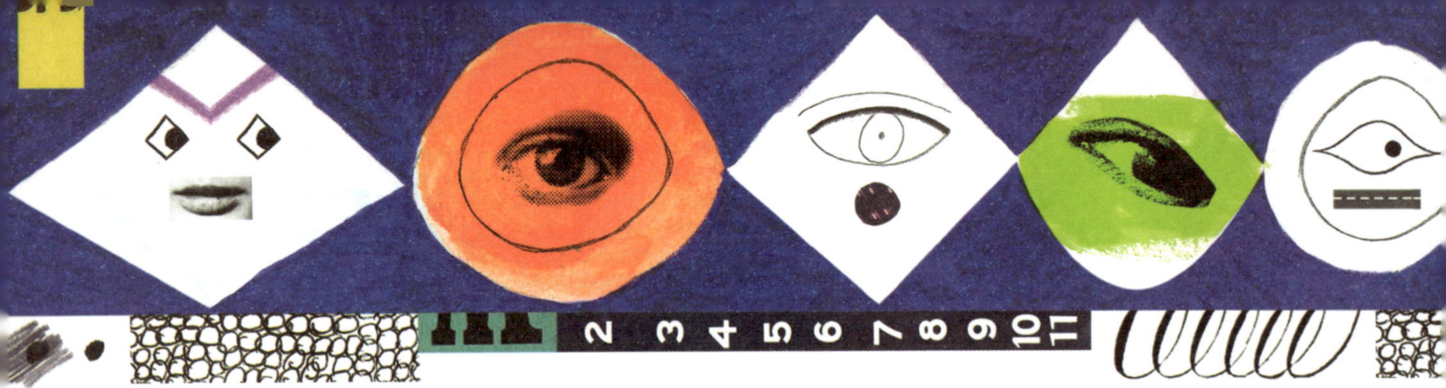

*Cortando os ti-ti-tis e os bá-fá-fás que agora reinavam na reunião, tomou a palavra a translúcida gota de orvalho:*

*— Em busca de maior clareza, peço licença para também falar em nome do suor. Mas o suor do reino vegetal. Broto em todas as folhagens e pétalas ao redor do planeta. Além de auxiliar na transpiração das plantas, sirvo de inspiração para os melhores — e, às vezes, os piores — poetas. Peço desculpas pelos segundos. De qualquer modo, sou muito responsável em minha missão. Pego no batente bem cedo, antes da aurora. E também estou arrasada com o modo como nossas fontes e nascentes estão sendo prejudicadas. Concordo, contudo, com as críticas feitas, pois se a zebra não tem culpa, muito menos culpa teria a bromélia. Mas acho que este não é o ponto. Nossa partida irá acabar com todos os seres vivos. E isso é terrível. Por outro lado, não é exatamente isso que os humanos estão fazendo todos os dias, poluindo, desmatando, envenenando o meio ambiente, pouco a pouco, a conta-gotas? Não consigo chegar a uma conclusão. Estou muito angustiada.*

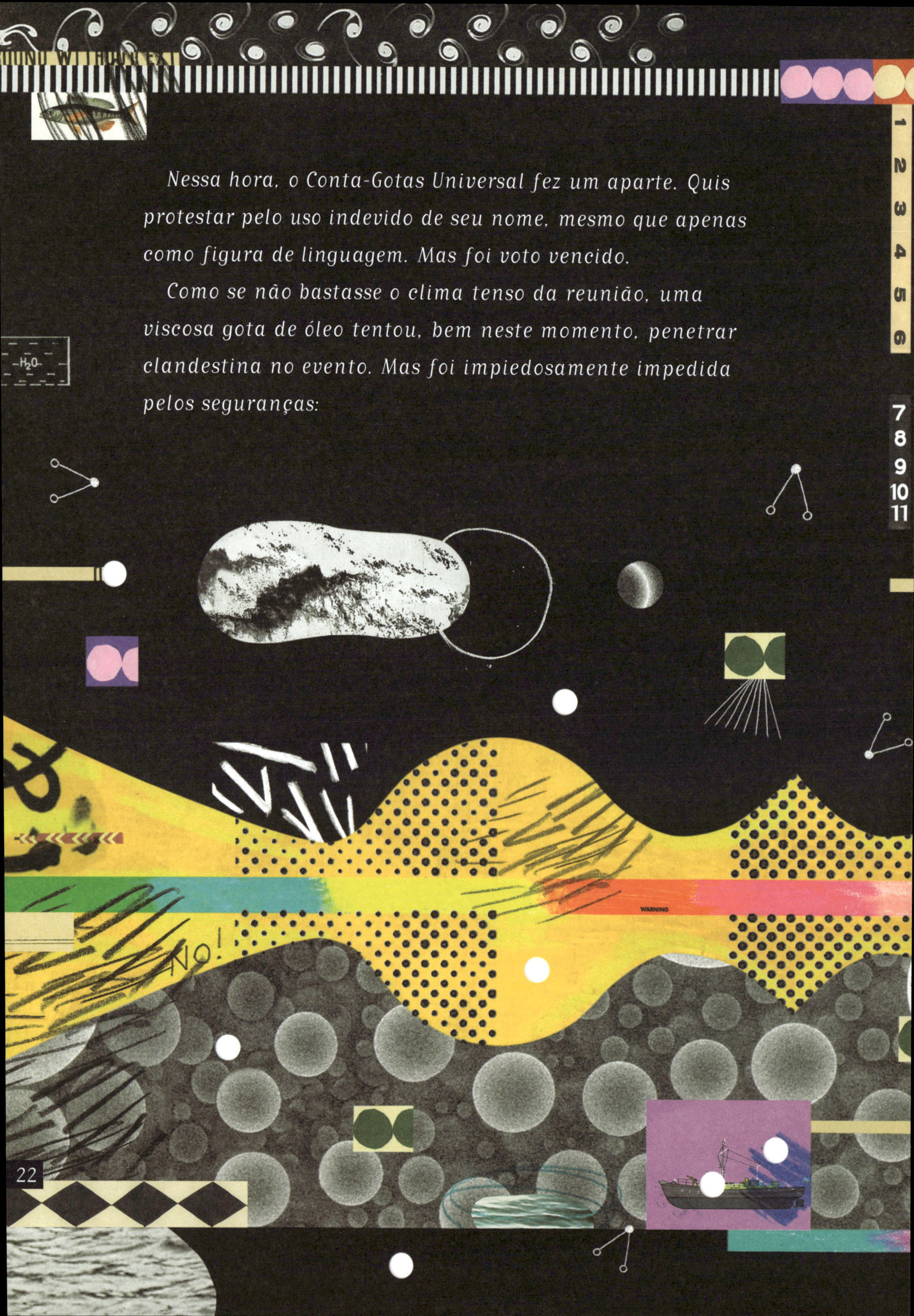

*Nessa hora, o Conta-Gotas Universal fez um aparte. Quis protestar pelo uso indevido de seu nome, mesmo que apenas como figura de linguagem. Mas foi voto vencido.*

*Como se não bastasse o clima tenso da reunião, uma viscosa gota de óleo tentou, bem neste momento, penetrar clandestina no evento. Mas foi impiedosamente impedida pelos seguranças:*

— Nada disso! Você não pode participar. Você nunca se mistura com as gotas de água. Agora quer fazer parte? Nem pensar! Sua entrada está vetada! Por favor, seguranças, retirem essa gota do evento.

A gota de óleo saiu da reunião sob vaias.

— Isso é censura! — retrucou. — Vocês ainda têm muito o que aprender sobre diversidade — bufou, enquanto era arrastada para fora.

*Para acalmar os ânimos, a alvíssima gota de leite se manifestou:*

*— Calma, pessoal! Não é preciso tanta agressividade. Sei que não tenho lugar de fala para me posicionar em nome da gota de óleo, mas penso que ela tem razão. O momento é de união e não de desavenças. O Espírito das Águas já decidiu ir embora para sempre. Precisamos agir rápido! Afinal, eu, que nutro a vida dos seres humanos e de muitos outros mamíferos desde os primeiros dias de suas vidas, gostaria de pedir para que todas nós tivéssemos um pouco mais de compaixão. Vamos resistir e ficar!*

*Foi quando uma dulcíssima gota de mel, querendo trazer mais leveza para o ambiente, soltou um trocadilho infame:*

*— Também não acho justo esse processo de fritura da gota de óleo.*

*Ninguém riu.*

SIM!

E a gota de sangue, vermelha de raiva, discordou:

— Calada! Isso não é hora de piadas. O momento é sério. Já demos todas as chances aos seres humanos! Eles só sabem destruir. Quantas vezes espirrei de ferimentos causados pela violência? Flechas, lanças, tiros, bombas... Quantas guerras cruéis ao longo da história? É verdade que também existem aqueles que doam seu sangue para ajudar os estoques dos hospitais. Mas, ainda assim, a conta não fecha. Há muito mais sangue derramado do que doado. Sou a favor de deixarmos este planeta para trás e irmos embora de vez! E vamos andar logo com isso, pois sinto que já estou coagulando...

*Neste momento, a gota de saliva, espumando de ansiedade, pediu a palavra:*

*— Companheiras!... Muito já se falou, a favor e contra a decisão radical do Espírito das Águas. E em todos os discursos, eu estava presente. Sou eu que umedeço as palavras, antes de elas voarem para fora das bocas e ganharem vida pelo ar, carregando todas as ideias que habitam o cérebro. Acredito que podemos resolver o enorme problema ambiental do presente através do bom uso das palavras. Com informação e debates qualificados. A vida aqui vale toda a saliva que pudermos gastar. Fiquemos!*

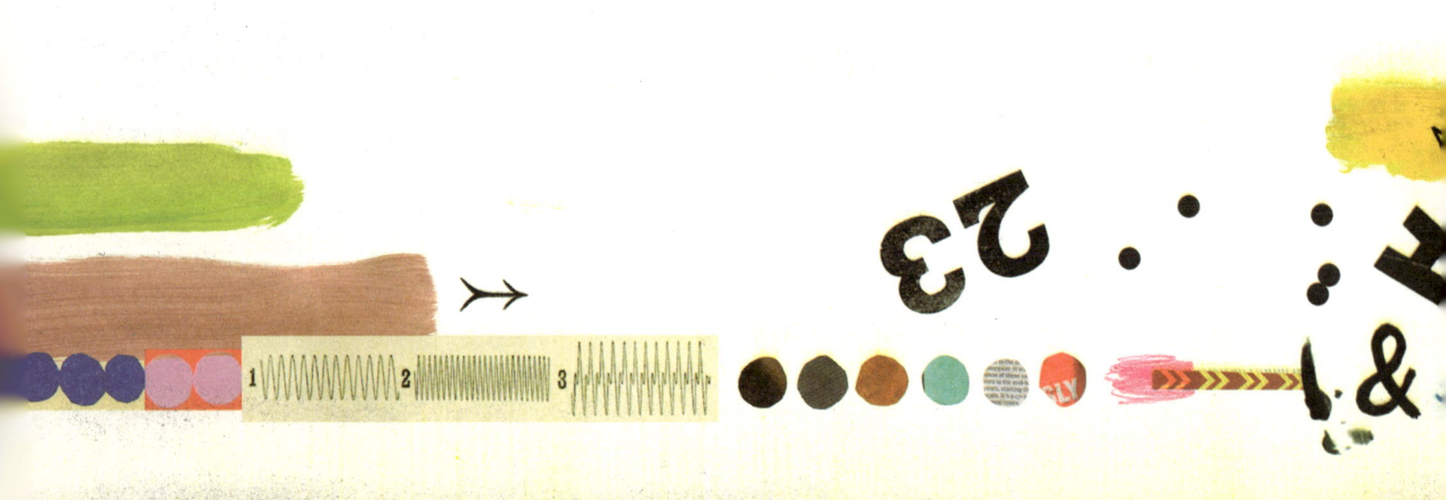

amargo
umami
ácido
salgado
¡¡Aviso importante!!

*Foi quando uma gota de chuva, ácida, se infiltrou por uma goteira e não se conteve:*

*— Eu discordo! Já demos todas as chances possíveis. Agora chega! E não falo só por mim, mas em nome das companheiras que não puderam comparecer. E sabe por quê? Porque estão ocupadas irrigando os campos, as florestas e as lavouras nos diversos cantos do globo. Nós damos vida às nascentes dos rios e alimentamos aquíferos, cachoeiras, lagos e mares. E todos sempre esperam por uma solução que caia do céu. Pois agora é hora de chovermos ao contrário, levando o céu embora junto com a gente. Deixemos este planeta seco e sem vida e vamos procurar um outro lugar para existir. O universo é muito grande. E o que mais existe são planetas sem água espalhados pelas galáxias. Vamos embora daqui!*

*O Conta-Gotas Universal então interrompeu:*

*— Atenção: devido ao adiantado da hora, encerraremos nossa reunião. O Sol já está bem quente e logo todas vocês terão evaporado.*

*Neste momento, o Espírito das Águas, rumava cada vez mais para o alto, num funil giratório gigantesco.*

*Foi a coisa mais assombrosa que já se viu.*

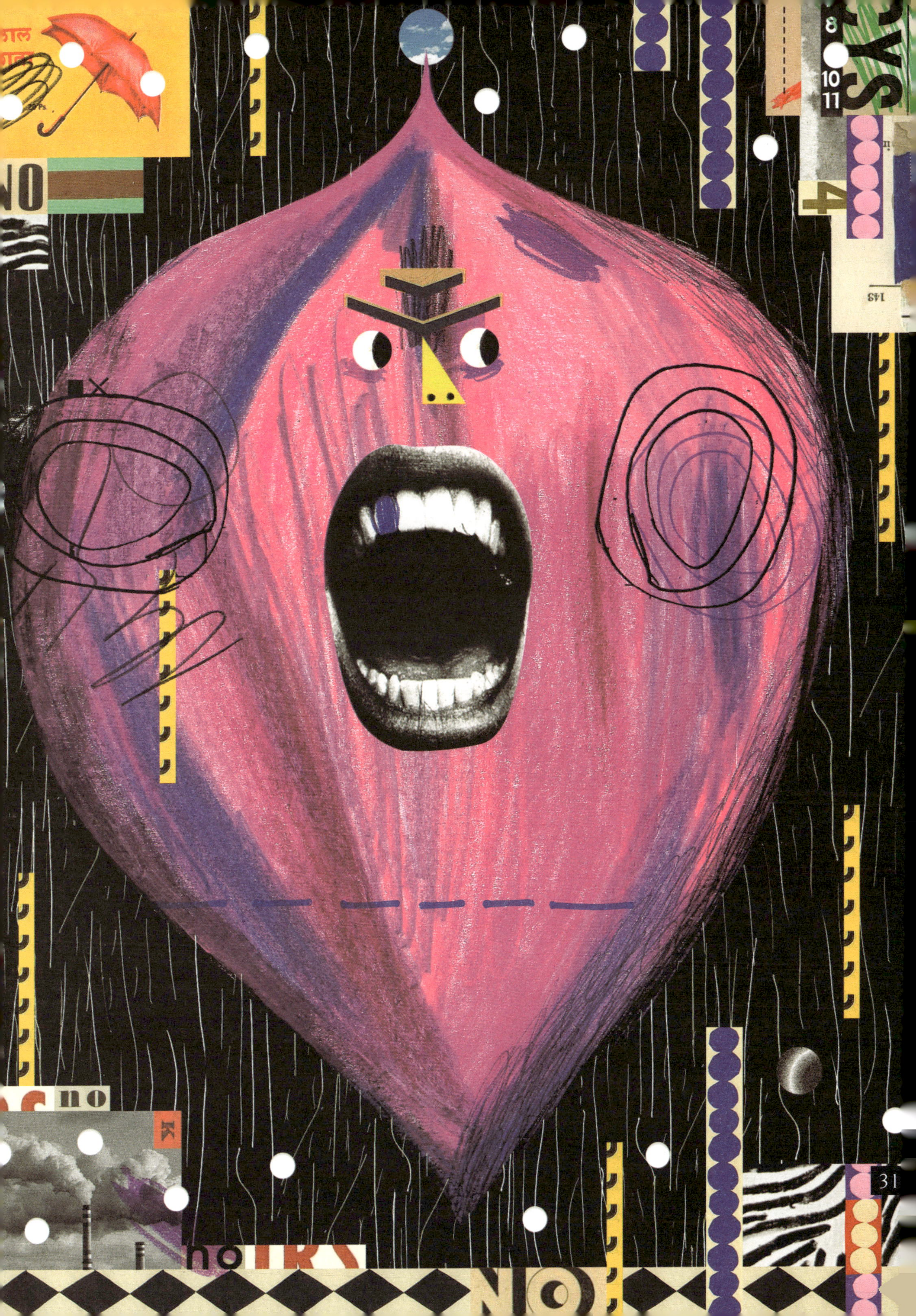
NO
no
NO

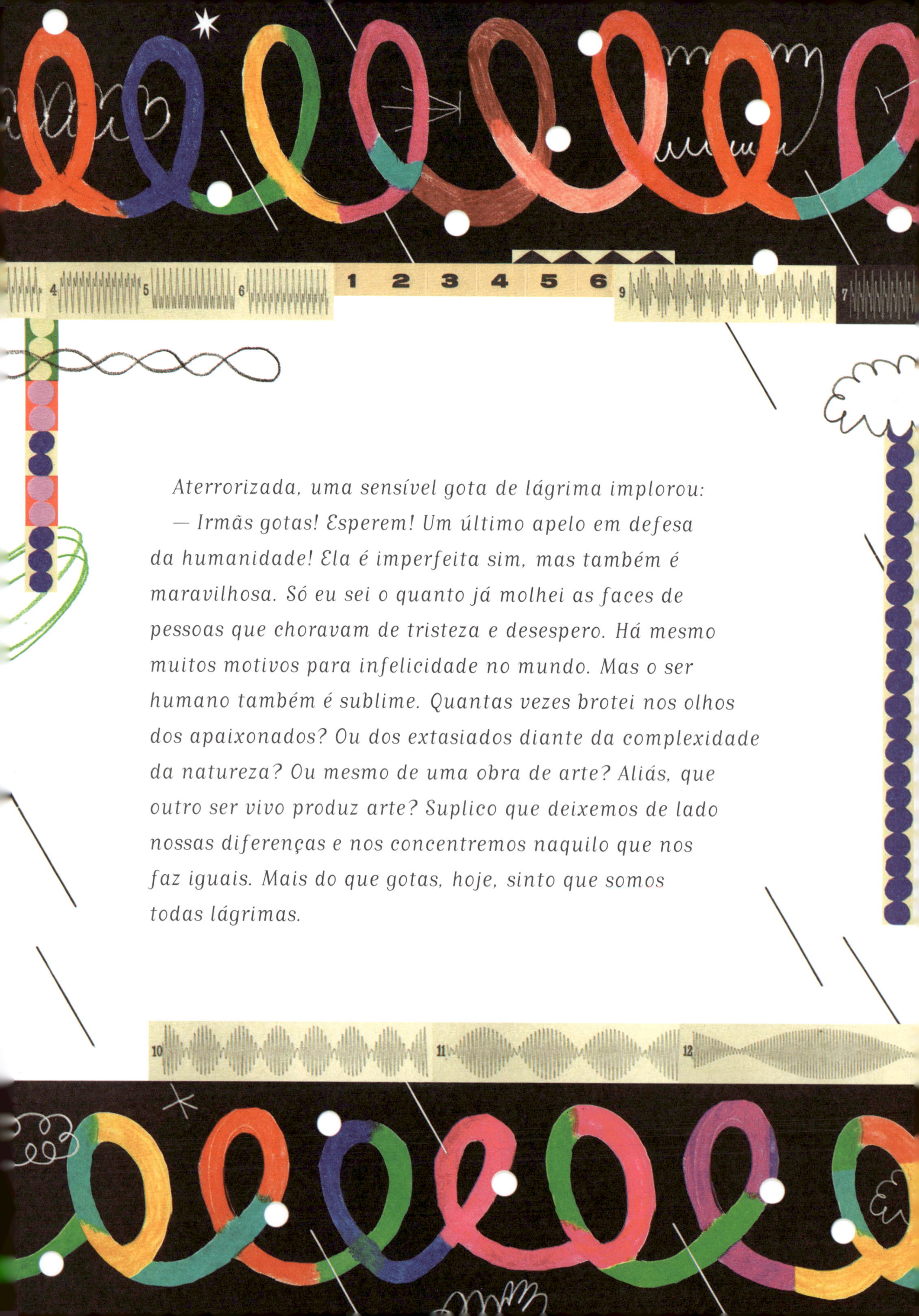

Aterrorizada, uma sensível gota de lágrima implorou:

— Irmãs gotas! Esperem! Um último apelo em defesa da humanidade! Ela é imperfeita sim, mas também é maravilhosa. Só eu sei o quanto já molhei as faces de pessoas que choravam de tristeza e desespero. Há mesmo muitos motivos para infelicidade no mundo. Mas o ser humano também é sublime. Quantas vezes brotei nos olhos dos apaixonados? Ou dos extasiados diante da complexidade da natureza? Ou mesmo de uma obra de arte? Aliás, que outro ser vivo produz arte? Suplico que deixemos de lado nossas diferenças e nos concentremos naquilo que nos faz iguais. Mais do que gotas, hoje, sinto que somos todas lágrimas.

4511

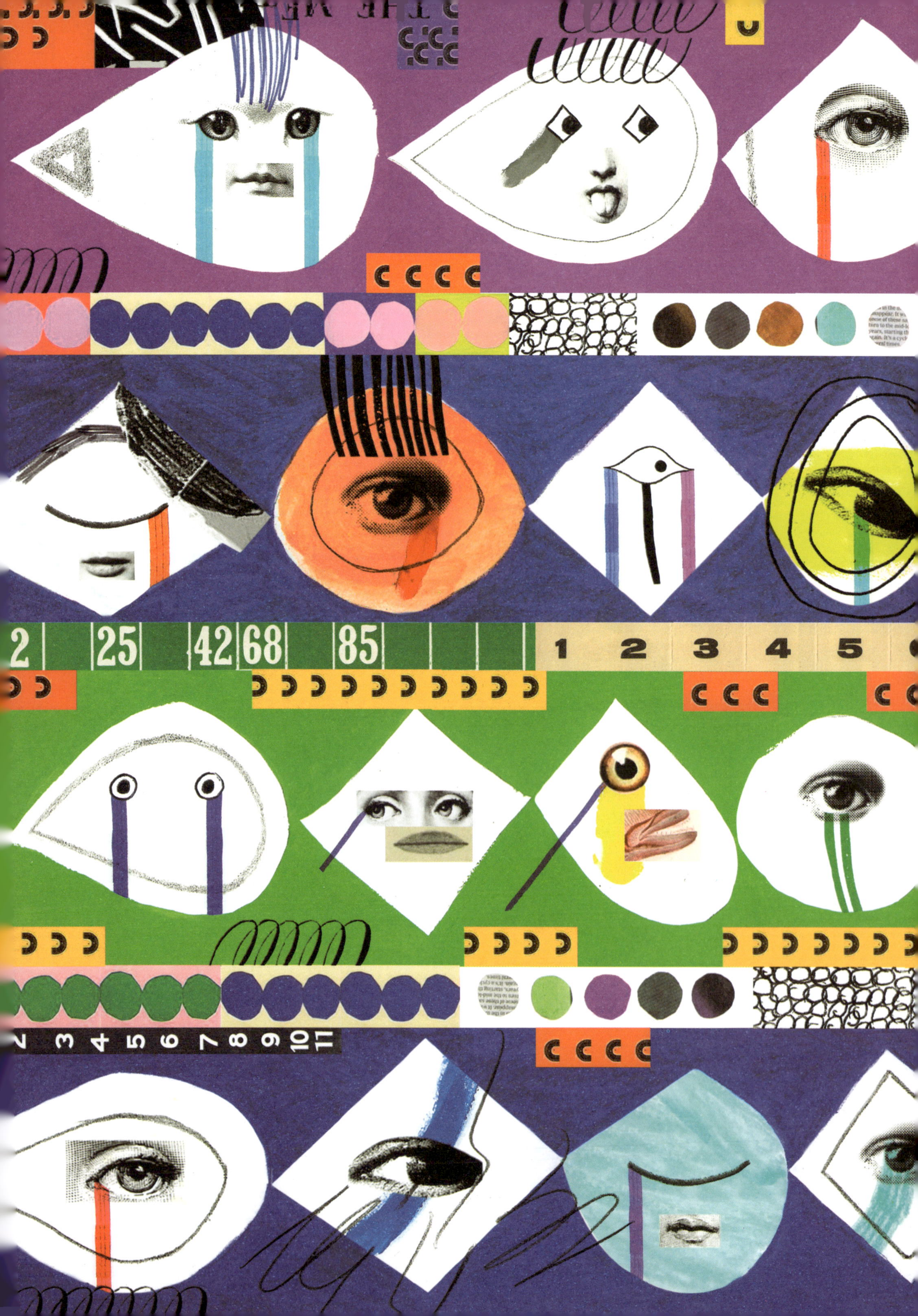
2 25 42 68 85
1 2 3 4 5

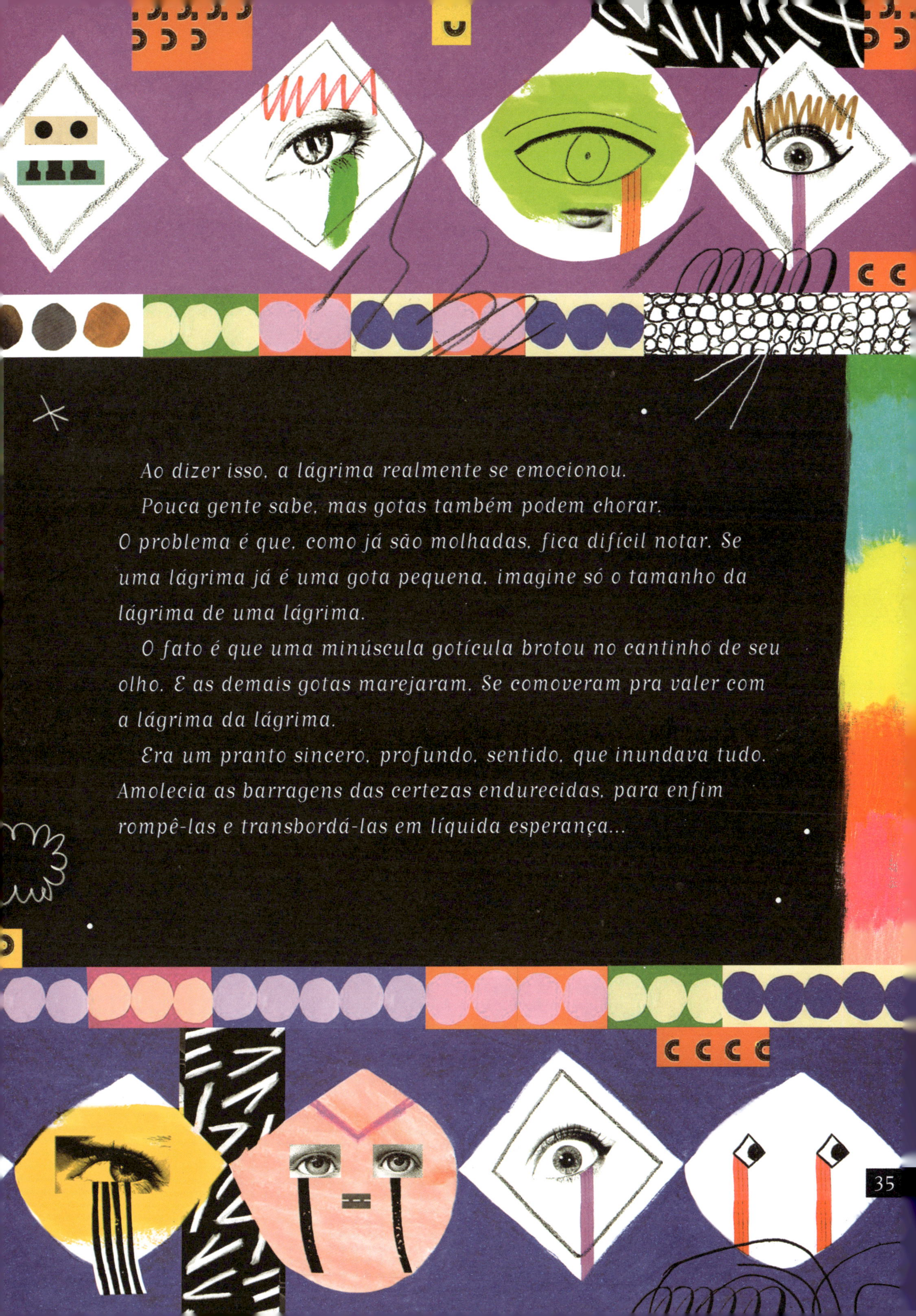

*Ao dizer isso, a lágrima realmente se emocionou.*

*Pouca gente sabe, mas gotas também podem chorar. O problema é que, como já são molhadas, fica difícil notar. Se uma lágrima já é uma gota pequena, imagine só o tamanho da lágrima de uma lágrima.*

*O fato é que uma minúscula gotícula brotou no cantinho de seu olho. E as demais gotas marejaram. Se comoveram pra valer com a lágrima da lágrima.*

*Era um pranto sincero, profundo, sentido, que inundava tudo. Amolecia as barragens das certezas endurecidas, para enfim rompê-las e transbordá-las em líquida esperança...*

Um enorme dilúvio então se fez.

Era tanta água — tanta — que parte dela continuava a se elevar, aspirada pelo Espírito das Águas, e outra descia à Terra, irrigando de vida a existência.

Todas resolveram dar mais uma chance ao planeta.

E essa história, que chegava ao fim, por causa da menor de todas as gotas, teve um novo começo.

Pelo menos por enquanto...

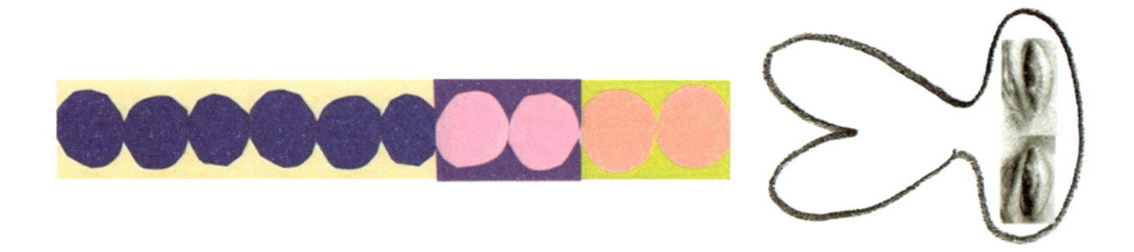

**SOBRE O AUTOR**

Minha primeira gota foi de saliva. Saiu voando no berro que dei ao nascer, no Rio de Janeiro. Depois experimentei gotas de chuva transformadas em flocos de neve na infância passada na fria Vancouver, no Canadá. Gotas de goma arábica ajudaram a colar as figurinhas dos melhores álbuns da meninice, sempre com a ajuda de meu querido avô. Lembro também, com carinho e saudade, das gotas coloridas das aquarelas do ateliê de minha mãe. Na adolescência, gotas de mar salgado e de cerveja, marcando inesquecíveis verões. Na primeira faculdade, gotas de sangue no curso de medicina, que acabou ficando pelo meio do caminho. A seguir, gotas de tinta preta da segunda faculdade, de jornalismo, já em São Paulo, essa concluída, e que me levou para atividades em jornais, revistas, televisão e documentários. Muitas gotas de suor — no trabalho e nas viagens pelo Brasil e pelo mundo. O espanto de estar, pela primeira vez, numa caverna, diante de uma estalactite, e descobrir que ela era uma gota petrificada (seria uma gota-estátua?). E os livros, muitos, variados: degustados gota a gota. E muito livros escritos também. Alguns prêmios importantes recebidos por eles, inclusive dois troféus Jabuti (que, olhando bem, se parecem um bocadinho com gotas). Tem ainda uma gotinha de gente que apareceu há pouco tempo: meu sobrinho amado, filho de minha irmã, que não sossega um segundo e que adora sugar as gotas de sumo de todas as frutas a que é apresentado. Também adora lamber os respingos de uma brincadeira de mangueira no quintal. E, por fim, a lágrima da emoção que transborda do meu olho ao abraçar minha companheira, parceira de vida. E a vontade de continuar a sorver com ela o melhor da existência — até a última gota.

*João Luiz Guimarães*

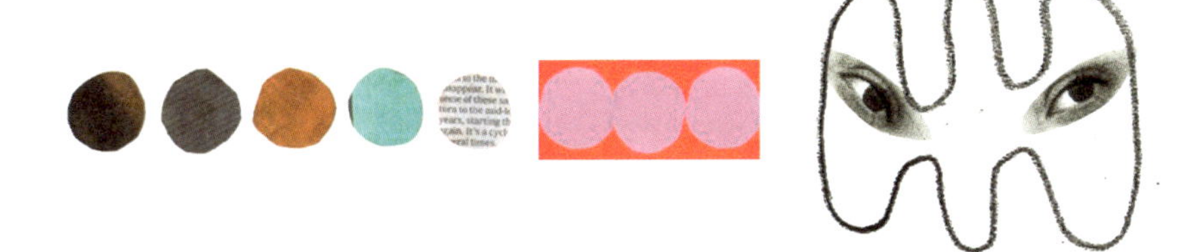

**SOBRE A ILUSTRADORA**

Costumo pensar que metade de mim são gotas de rio e a outra metade são gotas de mar. Gotas do Rio de la Plata, de Buenos Aires, na Argentina, cidade onde eu nasci. Gotas do mar pernambucano, de Porto de Galinhas, no Brasil, cidade onde moro.

As gotas do rio e as gotas do mar têm se misturado tanto dentro de mim que fica difícil separá-las. Já não sou rio, nem sou mar, na verdade acabei sendo um pouquinho dos dois. Ultimamente, até gotas de mangue vi nascer em mim.

Dentro do meu corpo moram também outras milhares de gotas, de cores e formas muito diferentes. Gotas de saberes, de vontades e de infinitos desejos! Gotas de dança, gotas de *surf*, gotas de tinta, gotas de café, gotas de viagens e gotas filosóficas. Pequenas gotas de amor, de medo, de alegria e algumas de tristeza. Gotas diminutas que, às vezes, acabam sendo gigantescas.

Será que realmente uma gota pode ser pequena? O que define o seu tamanho? O que define o meu? Afinal de contas, eu me pergunto: serei eu, também, uma pequena gota dentro deste universo?

*Anabella López*